AF385654

LETTRES

A MON AMI

ET

A MA MAITRESSE;

SUIVIES

DE ROSETTE ET D'ANACRÉON,

ET

D'UNE LETTRE DE FLORVAL A VALSAIN;

Par A. BÉRAUD, Capitaine en non activité.

Guerriers français, saisissez tour à tour
La lance des combats et le luth de l'amour.

A PARIS,

Chez DELAUNAY, Libraire, Palais-Royal, deuxième
galerie de bois, n°. 243.

De l'Imprimerie de Nouzou, rue de Cléry, N°. 9.

1816.

AVANT-PROPOS.

On a raison de blâmer cette soif de produire, qui, trop souvent, imprime à votre nom, pour toute célébrité, le sceau du ridicule ; mais vouloir empêcher un auteur de vider son porte-feuille aux yeux du public, c'est vouloir contraindre un petit-maître à se taire sur les faveurs qu'il a reçues de sa maîtresse. Cependant, je me permettrai de faire observer qu'il faut mettre une certaine différence entre un auteur *à la journée* et un militaire qui, jeté dans une carrière désormais bornée pour le bonheur de sa patrie, sait occuper ses loisirs de travaux agréables ou utiles. Ni l'un ni l'autre, à la vérité, n'ont de bien puissantes raisons pour ennuyer le lecteur, s'ils en trouvent ; mais au moins le poëte guerrier réclame quelque indulgence : tous ses titres ne sont pas enfouis chez un libraire.

*

Au surplus , qu'on me juge. Je n'ai point chanté une Iris en l'air ; j'ai aimé , j'ai été aimé. Tous les officiers français en peuvent dire autant ; ils n'ont pas plus besoin que moi de suer à la glace pour une beauté inconnue.

J'avouerai franchement que ce n'est pas sans quelqu'effroi que je me présente aux traits de la critique, (si la critique daigne s'occuper de mon ouvrage). Pauvre espèce de l'homme ! On brave en chantant la balle et le boulet , et l'on tremble devant un censeur ! . . . . O vanité ! ! . . . . .

LETTRES

A MON AMI

ET

A MA MAITRESSE.

LETTRES

A MON AMI

ET

A MA MAITRESSE.

~~~~~~~~~~~~~~~~~

A Monsieur de B.******

————————

Des talens sans pédanterie,
De l'esprit sans prétention,
De la pudeur sans pruderie,
De l'aisance sans mauvais ton,
Des grâces sans coquetterie ;
Une douce vivacité
Qui ne tient pas de la folie,
Et fait oublier sa beauté,
Pour nous la montrer plus jolie ;
Une touchante humanité,
Qui sait ménager la fierté
Du mérite dans l'indigence,
~~~~~~~~~~~~~~~~~

Et console la pauvreté
Du mépris de l'indifférence,
Du fier dédain de l'arrogance,
Ou de la mince charité
De nos bureaux de bienfaisance ;
Joins à tout cela vingt printemps
Que démentirait son visage,
Sans cet air raisonnable et sage
Que l'on n'a jamais à seize ans ;
Joins-y la santé du bel âge ;
Joins-y....que veux-tu davantage ?
Cher ami, telle est trait pour trait,
La plus aimable et la plus belle :
Mais, hélas ! où se trouve-t-elle ?
On m'a bien donné son portrait ;
Je cherche encore le modèle.

L'INDIFFÉRENCE.

Deux mois l'amour me tint sous son empire,
Deux mois entiers je supportai ses fers ;
Pour une belle, un amoureux délire,
Pendant deux mois, sut m'inspirer des vers.

Chloé m'aimait. Quand sa bouche de rose
Fit le serment d'un éternel amour,
Je fus surpris de ma métamorphose,
Et je redis ce serment à mon tour.

Il dura peu ce temps de mon ivresse !
En vain l'amour crut vaincre ma fierté.
En gémissant aux pieds de ma maîtresse,
Je soupirais après ma liberté.

Mais, au matin, la trompette guerrière
A retenti dans le champ des combats ;

J'ai retrouvé ma liberté première ;
En vain Chloé s'élance sur mes pas.

En vain Chloé, les yeux baignés de larmes,
M'a rappelé son amour et mes feux ;
Avec transport j'ai contemplé mes armes,
Indifférent, j'ai baisé ses cheveux.

Crois-tu, Chloé, m'accusant d'imposture,
Que de nouveau l'amour m'ait su charmer ?
Va, je ne suis ni traître ni parjure :
Mais seulement. . . . . j'ai cessé de t'aimer.

Moi, de l'amour reprendre l'esclavage !
Moi, m'engager dans de nouveaux liens !
L'indifférence est le trésor du sage ,
L'indifférence est le premier des biens.

Cours, jeune amant, aux genoux de ta belle ;
L'amour t'attend, et les myrtes sont prêts.

Si tu le peux, sois-lui toujours fidèle ;
Si tu le peux, sois toujours sans regrets.

Moi, plus heureux dans mon indépendance,
Je fuis l'amour, et je crains la beauté.
Ma liberté naît de l'indifférence,
Et mon bonheur naît de la liberté.

De mes plaisirs compagne solitaire,
Muse, viens seule embellir mon séjour.
Viens : mais non pas sous l'habit de bergère,
Le front paré des roses de l'amour.

Viens, revêts-toi de la toge héroïque ;
Entoure-toi de glaives, de poignards ;
Joins sur ton front au laurier poétique
Le noir cyprès qui plaît à mes regards.

Il en est temps, seconde mon audace ;
Arme ta main du clairon belliqueux,
Faisons redire aux échos du Parnasse,
Et les dangers et les exploits des preux.

Échauffe-moi de ton brûlant délire ;
A mes accens daigne joindre ta voix :
Approuve-moi d'un regard, d'un sourire,
Et que mon luth frémisse sous tes doigts.

A Monsieur de B******.

A ma retraite solitaire,
En vain, mon tendre ami, tu prétends m'arracher ;
En brave et prudent militaire,
J'ai brisé tous les nœuds qui pouvaient m'attacher.
J'ai trop connu l'amour et ses pesantes chaînes,
Et tous ses vains plaisirs, mêlés de tant de peines.
C'en est fait ! je le fuis, et j'ai pour souvenir
L'exemple du passé, leçon de l'avenir.
Laisse-là, me dis-tu, cette froide sagesse
    Qui convient mal à tes vingt ans ;
    Profite de tous les instans
    Qui sont comptés à la jeunesse.
    Adore et Bacchus et l'Amour ;
    Saisis, caresse tour-à-tour,
    Et ta bouteille et ta maîtresse ;
    Au bon vin donne tout le jour,
    Toute la nuit à la tendresse.

Je l'avoue, aimable vaurien,

De ton séduisant évangile

La morale est douce et facile ;

Tu peux avoir raison, et c'est prêcher très-bien.

Je conviens avec toi qu'il sied mal à mon âge

De prendre les airs d'un Caton ,

Et que je dois paraître un fort sot personnage

Aux agréables du bon ton.

Mais que veux-tu ? ton éloquence

En vain prétend me corriger ;

Crois-moi, renonce à l'espérance

De pouvoir un jour me changer.

Mon ami, je ressemble au passager timide

Qui, sur un élément perfide,

Pour la première fois a connu le danger.

Il entre dans le port ; mais , sauvé du naufrage,

Il tremble encore, et, loin des sables du rivage,

Il fait le long serment de ne plus s'engager.

AU MÊME.

Pourquoi me poursuivre sans cesse ?
Pourquoi vouloir troubler le repos où je suis !
Tu m'offres du plaisir l'image enchanteresse ;
Tu me peins de l'amour la séduisante ivresse ;
J'écoute en soupirant, j'écoute et je te fuis.

Au milieu d'un cercle de belles,
Chaque soir tu guides mes pas ;
Mais lorsque d'un œil froid j'admire leurs appas,
Je sens que mon cœur est loin d'elles.
Chloris, à mes côtés, d'un air indifférent
Dévoile une gorge naissante.
Chloris, dit-on, est innocente :
Dieu le veuille !.. pourtant, ce soupir imprudent,
Ce regard où pétille une flamme brûlante ,
Cette attitude nonchalante,
Tout me dit que Chloris ne peut être un enfant.

De cette Agnès adolescente,

Je croirais que Valcour est l'heureux confident.

Plus loin, de la coquetterie

Lucile met en jeu les ruses, les détours :

Lucile ne sait pas que, sans tous ses atours,

On pourrait dire : elle est jolie !

D'où vient cet air boudeur, Julie?

Vous regardez avec courroux,

Le sémillant Dorval qui presse les genoux

De la tendre et vive Délie?

Pourquoi donc vous éloignez-vous

Avec tant de persévérance,

De ce gros homme aux yeux jaloux?

Répondez-moi, vertueuse Constance.

Ah! pardon de l'inconséquence ;

J'ignorais qu'il fût votre époux.

Quel mauvais ton! aimer sa femme

Deux mois après le sacrement !

Un époux est-il un amant?

Votre époux est un sot ; son ennuyeuse flamme

Mériterait un châtiment,

Et je vous conseille, madame,

De le rendre sot doublement.

Auprès de vous, vénérable Éliante,

Vous m'appelez ? quel excès de faveur !

« Depuis long-temps vous paraissez rêveur?

Me dites-vous d'une voix caressante.

Mon jeune ami, sans crainte ouvrez-moi votre cœur.

J'aime ce front où siège la candeur ;

Oui, tout me plaît en vous, jusqu'à votre sagesse ;

Mais lorsque l'on est sage, on doit être discret.

Si vous faisiez une promesse.....

Vous comprenez... peut-être... l'on pourrait...

Ce que j'en dis, au moins, c'est par pur intérêt.

— Madame, en vérité... — Parlez, Soyez sincère,

Vous hésitez? ne me déguisez rien.

— Madame, le respect.. — Le respect doit se taire.

— J'avouerai donc, que par un doux lien

Je voudrais enchaîner ou Doris ou Glycère. »

Éliante me jette un regard de colère,

Et, tout à coup, rompt l'entretien.

Tu le vois, je m'amuse à mériter la haine,
Ou le mépris, ou la froideur
De toutes ces beautés, dont la moindre, en son cœur,
Du cercle se croit souveraine ;
Je ris tout bas de leur fureur,
Qu'un souris dédaigneux peut déguiser à peine.
Et tu crois, au milieu de ce cercle ennuyeux,
Que je pourrais brûler d'une nouvelle flamme ?
Tout y parle à mes yeux ; rien n'y parle à mon âme.
Mon cher B*******, j'aimerais mieux,
Nouveau Guillot, armé d'une houlette,
Porter un simple hommage à la simple Perrette ;
J'aurais moins de plaisir, et bien plus de bonheur.
L'amour presque toujours, au sein de la grandeur,
Meurt étouffé des mains de la mollesse.
Il fuit l'éclat de l'or : le rouge lui fait peur ;
Un regard effronté le blesse ;
Il ne fut jamais grand seigneur.

Il se plaît sous le chaume, à l'ombre des bocages;
      Ou, dans la saison des orages,
Près de ce grand foyer où s'assemblent le soir
Parens, amis, époux, amans du voisinage,
      Pour écouter quelque récit bien noir:
Il est encore enfant, mais il n'est plus volage.

AU MÊME.

A pôtre de la volupté,
Héros du plaisir et des belles,
Chantre sémillant des ruelles,
Heureux fripon, tu m'as quitté.
Quoi? tu fuis de cette cité,
Le théâtre de tes conquêtes?
Ici, n'est-il plus de défaites,
Dignes du séducteur vanté,
Qui, tant de fois, de la beauté
Soulagea les peines secrètes?
« Ami de la jeune Doris,
Cette belle, dis-tu, m'entraîne
Au fond d'un champêtre domaine,
Pour y partager ses ennuis.
Pauvre Doris! Parque inhumaine!

(1)Mimi n'est plus ! Le noir séjour

Hier l'a reçu sans retour.

Pauvre Doris ! Parque inhumaine !

Doris a pleuré tout un jour.

Heureux si, pour une semaine,

Je puis, sous le titre d'ami,

De Doris adoucir la peine,

Et lui faire oublier Mimi.

Trop heureux... Déjà l'on m'emmène.

Adieu » non, non, de bonne foi,

Non, jadis l'amant de Lesbie,

Sur l'oiseau de sa douce amie,

Ne sut pas mieux pleurer que toi.

Mais, de la plaintive élégie

Quittant les funèbres accens,

Bientôt l'amour et la folie

Viendront t'inspirer d'autres chants.

---

(1) Nom d'un petit chien.

Pour moi, solitaire et tranquille,

Dans mon obscur appartement,

Je cherche à tuer savamment

Entre Homère, Horace et Virgile,

Le temps qui s'enfuit lentement.

Pour me récréer un moment,

Sur le bord de mon noir pupitre

Je te griffonne cette Épître.

A propos!.... un objet charmant.....

Tu ris? un peu de patience.

Hier, chez la comtesse Hortense....

Me rappellerai-je son nom ?

Zulmé, je crois...—belle?—non, non...

Mais Hébé n'est pas plus jolie;

Et ta Doris, sans jalousie

Ne pourrait voir, j'en suis certain,

Ce front charmant, cet œil si fin,

Ce regard si vif et si tendre,

Ce pied mignon et ce beau sein.....

Allons !... je crois déjà t'entendre
Me dire, avec un ris malin :
Le voilà ce cœur indomptable !
Voilà ce sage, ce Caton !....

Eh ! mais railleur impitoyable,
Sans aimer... enfin... ne peut-on ?....
Zulmé peut me paraître aimable ;
Comme un autre un sage a des yeux.
A l'époux le plus ennuyeux,
Et jaloux autant qu'il est vieux,
Zulmé, dit-on, est enchaînée.
Hélas ! à ces liens affreux
Zulmé n'était point destinée.
Heureux celui que sa douleur
Choisira pour consolateur !
Heureux celui qui pourra dire :
C'est pour moi que Zulmé soupire ;
J'ai les prémices de son cœur !
Heureux celui !... mais en honneur,
Je pense, Dieu me le pardonne,

Qu'ainsi que toi je déraisonne.
Voyez qu'elles impressions
Le mauvais exemple nous laisse !
Un philosophe de la Grèce,
Auprès de toi, de la sagesse
Oublierait bientôt les leçons.

———————

PENSERS D'AMOUR.

DANS ma paisible solitude,
Qui peut donc agiter mes sens?
D'où naît la vague inquiétude,
Qui trouble mes jeux innocens?

Je saisis ma lyre fidelle,
Et veux célébrer nos exploits;
Ma lyre, à mes efforts rebelle,
Frémit tristement sous mes doigts.

Comme autrefois, à la victoire
Consacrons de nobles accens.,..
Hélas! aux hymnes de la gloire,
L'amour fait succéder ses chants.

Pour charmer l'ennui qui m'accable,
Mes crayons s'offrent à leur tour;
Ah! pourquoi ce Mars redoutable
A-t'il tous les traits de l'Amour?

Je cherche en vain à me distraire ;
Je cherche un repos qui me fuit.
Fatigué du jour qui m'éclaire,
J'aime les ombres de la nuit.

Quand la nuit de ses voiles sombres
A couvert mon humble séjour,
Je maudis l'horreur de ses ombres,
Et je soupire après le jour.

Dans ma paisible solitude,
Qui peut donc agiter mes sens ?
D'où naît la vague inquiétude
Qui trouble mes jeux innocens ?

A MON AMI.

Mon cher B*******, on le dit tous les jours :
L'homme est léger, est vain dans ses discours ;
Sans cesse il veut, il désire, il projette,
Semblable, hélas ! à cette girouette,
Sur un pivot tournant au gré du vent ;
L'homme à tout âge, ami, n'est qu'un enfant.
Dans les plaisirs il use sa jeunesse ;
Lorsqu'à pas lents arrive la vieillesse,
Il jure alors d'être sage ; le temps
Emporte au loin ses vœux et ses sermens.
Si tu le peux, dis-moi comment s'allie
Tant de raison avec tant de folie ?
Eh ! quoi, B*******, philosophe nouveau,
Je puis dicter des lois à mon cerveau ;
Un livre en main je pense, et les pensées
Dans mon esprit s'impriment retracées ;

Quand je le veux, je puis les effacer :

D'autres en foule accourent s'y placer.

Quoi ? la mémoire, en esclave docile,

Paye en tribut à ce cerveau fragile

Tous les trésors qu'elle enlève au passé ;

Et sous les nœuds dont il est enlacé,

Mon cœur lui seul échappe à ma puissance !...

De ses désirs vaincre la violence,

Ou, plus heureux, l'amuser comme toi,

Serait d'un sage... et pourtant.. malgré moi...

Te l'avouerai-je ?.. oubliant ma promesse.....

Moi qui, naguère ami de la sagesse,

Me déclarais l'ennemi des amours....

Ah ! rejetons d'inutiles détours.

Apprends, B*******, apprends que je l'adore ;

Qu'un feu nouveau me brûle, me dévore.

Abandonnant mes paisibles travaux,

Toujours plongé dans un lâche repos,

Je ne sais plus que répandre des larmes.

Eh ! qui serait insensible à ses charmes !

Objet divin par les grâces formé!...
Je dirai plus en te nommant Zulmé.

———

A ZULME.

Glorieux de ma liberté,
J'osais chanter l'indifférence ;
J'osais mépriser la puissance
Des grâces et de la beauté ;
Mais enfin, l'amour irrité
Résolut de tirer vengeance
De cette fière indépendance,
Qui blessait son autorité.
Quelque temps je sus m'y soustraire ;
Quelque temps je bravai ses traits,
Et je défiai sa colère :
Je crus qu'une éternelle paix
Serait désormais mon partage....
Je m'abusai ; le dieu volage,
Un jour empruntant les attraits

Et l'innocence du jeune âge....
C'était votre fidelle image,
Zulmé; je reconnus vos traits.
D'abord, de ce charmant visage,
J'écarte des regards distraits;
Mais bientôt, dans le cœur du sage,
S'élèvent des désirs secrets;
Bientôt, de ma philosophie
Déridant la sévérité,
Cupidon s'en fait une amie,
Et lui dicte sa volonté;
Bientôt.... je ne pus m'en défendre;
Ainsi qu'elle il fallut me rendre
Et reconnaître mon vainqueur.
Zulmé! sa voix était si tendre!
Dans mon trouble, je crus entendre
Votre voix, dont le son flatteur
Pénètre jusqu'au fond du cœur,
Et par degrés vient le surprendre.
Mais savez-vous bien, entre nous,

Que cette voix enchanteresse
Me promit le bien le plus doux,
En m'assurant que c'était vous
Qui deviez tenir la promesse ?

PALINODIE.

D'un faible enfant je méprisais l'empire ;
Je me croyais échappé de ses fers.
Amour ! amour ! pardonne à mon délire ;
Le dépit seul avait dicté mes vers.

J'ai vu Zulmé ; mais sa bouche de rose
Refuse encor de sourire à l'amour.
Puis-je espérer une métamorphose ?
Puis-je espérer qu'elle change à son tour ?

Plonge Zulmé dans une douce ivresse ,
Amour ! amour ! subjugue sa fierté ;
Qu'en la nommant, je nomme ma maîtresse ,
Et pour jamais je perds ma liberté.

J'entends sonner la trompette guerrière !
Un dieu de sang est le dieu des combats.
Fuis souvenir de ma gloire première !
Le dieu d'amour m'entraîne sur ses pas.

3

Ciel! ma Zulmé, d'un œil rempli de larmes,
Voit mon départ.... cher objet de mes feux,
Va, c'en est fait : je veux briser mes armes;
Du myrte vert couronne mes cheveux

Des vains atours méprisant l'imposture,
Belle sans art, sans prétendre charmer,
Zulmé ne peut redouter un parjure;
Plus on la voit, et plus on veut l'aimer.

O ma Zulmé! de mon doux esclavage
Si tu pouvais partager les liens!...
Ne rien aimer, voilà l'orgueil du sage;
L'amour heureux est le premier des biens.

(35)

A ZULMÉ.

___

L'amour se plut à dessiner vos traits ;
Moi, je lui dois un cœur sensible et tendre.
Si votre esprit égale vos attraits ,
Quel plaisir pur je goûte à vous entendre !
Ce même Dieu qui vous fit pour charmer ,
M'a, pour toujours, soumis à sa puissance.
De nos destins voilà la différence ;
Vous êtes belle, et moi je sis aimer.

Zulmé, de nous quel est le plus heureux ?
L'amour le sait ; une sombre tristesse
Pongeait mon cœur : des pleurs mouillaient mes
       yeux ;
Sans le vouloir, je soupirais sans cesse.
A votre aspect, quel feu vint m'animer !
Quel changement ! je me sentis renaître.
L'amour alors me dit : Zulmé, peut-être
Est la plus belle, et c'est l'instant d'aimer.

                     *

Je suis heureux, même éloigné de vous ;
L'amour remplit chaque instant de ma vie.
Si j'ose, en songe, embrasser vos genoux,
De quel bonheur mon audace est suivie !
Vous écoutez, sans vous en alarmer,
Ces doux propos que l'amour seul inspire ;
Et je vous vois, dans mon brûlant délire,
Sinon plus belle, au moins sachant aimer.

Ce n'est qu'un songe. il est vrai ; mais le jour
N'efface point son souvenir aimable.
Pour vous, Zulmé, convenez sans détour,
Et sans rougir, que l'ennui vous accable.
D'un front sévère, ah ! pourquoi vous armer,
Et repousser mes vœux comme une injure ?
C'est, mon amie, outrager la nature
Que d'être belle et de ne pas aimer.

Désir d'amour embellit la laideur.
Si la beauté, des yeux obtient l'hommage,
C'est au cœur seul que s'adresse le cœur.
Heureux qui peut entendre son langage !

La beauté fuit ; le temps doit déformer

Ces traits charmans , ces appas qu'on adore.

On n'est plus jeune , et le cœur parle encore ;

On n'est plus belle , on peut encore aimer.

Oui , ma Zulmé , redoutez l'avenir ;

Oui , croyez-moi : de mon indifférence

Je n'ai gardé qu'un triste souvenir ;

Amant , j'ai vu doubler mon existence.

Imitez-moi ; laissez-vous enflammer.

Et toi , Vénus ! exauce ma prière ;

Si sa froideur excite ta colère ,

Rends-la moins belle , et force-la d'aimer !

————————

L' A V E U.

Tu me l'as dit ce oui charmant
Qui met le comble à mon ivresse :
Ce oui qu'implorait ma tendresse,
Tu me l'as dit en rougissant.
Pourquoi rougir de ta faiblesse ?
Rougis plutôt d'une sagesse
Que tu gardais en gémissant.
Pourquoi rougir de ta faiblesse ?

Zulmé, tu m'as donné ton cœur ;
Mais vois jusqu'où va ton empire !
Je sus commander au délire,
Quand tu me nommas ton vainqueur.
Cruelle ! pourquoi me sourire,
Quand je me plains de ta froideur ?
Si tu te plains de mon ardeur,
Cruelle ! pourquoi me sourire ?

Zulmé, de grâce, expliquons-nous.
Ai-je perdu toute espérance ?
Prends-tu pitié de la souffrance
De ce cœur sensible et jaloux ?
Laisseras-tu sans récompense
L'amant qui pleure à tes genoux !
Va, ma Zulmé, ton vieil époux
Mérite une autre récompense.

LE DÉPART.

Hélas ! la fatale trompette
M'appelle de nouveau dans le champ de l'honneur,
Jadis j'ai vainement déguisé ma défaite ;
J'ai voulu vainement commander à mon cœur.
Peut-être aurais-je dû t'éviter et me taire ;
Ta craintive pudeur m'en faisait un devoir.....
Mais que dis-je ?... l'amour a passé mon espoir.
Quand je baignais de pleurs ma couche solitaire,
　　　Quand l'amour hâtait mon réveil,
De ses songes l'amour agitait ton sommeil,
　　　Et te présentait mon image.
Tu m'aimais !.. Oui, j'ai vu rougir ton front charmant,
Quand de t'aimer toujours je te fis le serment,
Quand ma bouche brûlante effleura ton visage.
　　　Oh ! tous les deux répétons-le toujours,
　　　Ce doux serment d'éternelle tendresse !
　　　　Le souvenir de notre ivresse
　　　Embellira nos derniers jours.

Je pars ! la voix de la patrie

M'ordonne de m'armer du glaive des combats ;

Je pars ! mais l'œil de mon amie

Me suivra, je le sais, dans les rangs des soldats.

A MON AMI.

L'AI-JE bien entendu! la voix de l'univers
A conjuré les rois d'abjurer leurs querelles.
Les hymnes de la paix, religieux concerts,
    De nos temples jadis déserts,
    Frappent les voûtes éternelles.
  Mars a ployé ses sanglans étendards,
Arrêté tout à coup dans sa course rapide ;
Le terrible faisceau des lances et des dards
    Échappe à sa main homicide.
  Sainte amitié ! j'implore ton secours.
Hâte-toi, cher B******, vole auprès d'une amante ;
Annonce mon retour ; que ta voix consolante
Rassure la beauté qui tremblait pour mes jours.
  Heureux mortel ! que je te porte envie !
    Heureux mortel ! tu vas la voir !
Tu porteras tes pas dans ce sombre boudoir
  Où, loin de moi, gémissait mon amie.

Pourquoi ne puis-je , hélas ! moins fidèle à l'honneur ,

    Déposer d'inutiles armes !

Moi-même de Zulmé dissiper les alarmes ,

A ma Zulmé moi-même annoncer le bonheur !

Ma main avide irait interroger son cœur ;

Ma bouche effacerait la trace de ses larmes.

———————

LE RENDEZ-VOUS.

Lorsque l'amour et la valeur
Dictaient les lois de la chevalerie,
Pour prix de ses hauts faits, de sa constante ardeur,
Un preux, avec respect, demandait à sa mie
Une devise, un ruban, une fleur.
Ces doux présens reposaient sur son cœur,
Et, dans les champs de Mars, enflammaient son courage.
Zulmé, qu'ai-je besoin de devise, de fleur ?
Dans mon âme l'amour a gravé ton image.
Ma Zulmé, de tes feux j'exige un autre gage ;
Hélas ! je n'ose encore exiger le bonheur.
Écoute-moi ; quand une nuit obscure
D'un voile épais couvrira ce séjour,
Asile heureux, asile de l'amour,
Qu'un importun ruisseau (tu souffres cette injure !)
Par ton jaloux détourné de son cours,
Enceint deux fois de ses tristes contours ;

A l'heure enfin où la nature

Dans les bras du repos attend un nouveau jour :

J'arriverai de détour en détour ,

Seul et sans bruit , auprès de mon amante ;

Je franchirai cette onde menaçante ,

Et les buissons qui défendent ces bords ;

L'amour a comblé mon attente ,

L'amour seconde mes efforts.

Il en est temps ; ton oreille attentive

A de la douzième heure entendu le signal.

Rassure , ô ma Zulmé ! ta tendresse craintive ;

Sans balancer quitte ce lit fatal

Où ton argus , où mon rival

Voudrait te retenir captive.

Effleure le parquet qui se tait sous tes pas :

Brave l'ombre , descends , et que ta main légère

Repousse des verroux l'impuissante barrière. . . .

Ton amant éperdu te reçoit dans ses bras.

Alors , ô ma Zulmé , sur tes lèvres de rose

Permets que ma bouche dépose

Rien qu'un baiser.

Oui, c'est un doux baiser qu'implore ma tendresse ;

Pourrais - tu bien le refuser ?

Veux-tu le refuser sans cesse ?

Que crains-tu ? Dans le monde un baiser est permis ;

Et s'il est plus qu'une caresse ,

Il ne tient pas toujours tout ce qu'il a promis.

A ZULMÉ.

O mon amie !
Viens dans mes bras.
Dieu d'Idalie !
Guide ses pas.

Oui, ma maîtresse,
Quittons Paris,
Et ces lambris
Dont la richesse
Fait peur aux ris,
A la tendresse.
Trop d'envieux,
Témoins fâcheux
De notre ivresse,
De nos amours
Troublent le cours.
Fuyons, ma chère,

A ton château,

Sous le manteau

Du doux mystère.

Les soins jaloux

De ton époux,

Viendront sans doute

Gêner nos feux.

Je le redoute ;

Mais j'aime mieux

Braver sa haine

Et son courroux ,

Qu'être à la chaîne

Parmi des fous.

Toi que j'adore ,

Si cette ardeur

Qui nous dévore

Doit faire encore

Notre bonheur ,

Tiens ta promesse ,

Bannis la peur ;

Use d'adresse
Et de détours.
Va, la jeunesse
Craint peu les tours
De la vieillesse ;
Et Cupidon,
Ici, dit-on,
Comme à Cythère,
Se rit d'un père
Et d'un barbon.

O mon amie !
Viens dans mes bras.
Dieu d'Idalie !
Guide ses pas.

Adieu la ville
Et ses plaisirs ;
Fades loisirs,
Bonheur stérile,
Tristes ébats,

Dont l'innocence
Se plaint tout bas ;
Pompeux repas ,
D'où l'opulence
Chasse l'aisance ;
Bals où Mondor
Souvent s'endort
Sans qu'il y pense ;
Affreux réduits
Où la sottise ,
Sous les habits
D'une marquise ,
Passe les nuits
Près d'un tapis ;
Je vous méprise
Et je vous fuis.
Chimère vaine
Qui laisse à peine
Un souvenir ,
Enfin mon âme

Va te bannir ;
L'amour réclame
Mon avenir.
Troupe servile
Qui croit jouir,
Vois cet asile
Où ma Zulmé,
Dans son délire,
Près d'elle attire
Son bien - aimé.
Rians bocages !
Bosquets charmans !
Sous vos ombrages,
Deux vrais amans
Sont seuls au monde.
O paix profonde !
Repos des sens !
Bonheur suprême !
Celle que j'aime

Est près de moi,
Et je la voi
Toujours la même.

Viens dans mes bras,
O mon amie !
Dieu d'Idalie,
Guide ses pas.

Mais déjà l'ombre
Couvre les prés,
Et par degrés,
Le jour plus sombre
Fait place au soir.
Ah! qui t'arrête ?
Est-ce Lisette
Et ton miroir ?
Si ta soubrette
Veut, d'une main
Trop indiscrette,
Parer ton sein,

Charger ta tête
De vains atours ;
Crois-moi, rejette
Tous ces secours.
Sur ses vieux jours,
Une coquette,
A sa toilette,
Veut effacer
L'affront que l'âge
A pu tracer
Sur son visage ;
L'amour malin
Voit le ravage,
Et fuit soudain.
Mais Cythérée,
Trompant Vulcain,
N'est point parée :
De son beau corps,
Ah ! l'Immortelle
Voilerait-elle
Les doux trésors !

Une ceinture
Et ses attraits,
Font tous les frais
De sa parure.

Viens dans mes bras,
O mon amie !
Dieu d'Idalie !
Guide ses pas.

Douce espérance !
Quel bruit flatteur !
Quelqu'un s'avance....
Est-une erreur ?
Mon cœur palpite....
C'est elle !... ô dieux !
A tous les yeux
Cachez sa fuite.
Vous, que l'Amour
Mène à sa suite,

Brillante élite

Qui d'Aphrodite

Orne la cour;

Tendre Tibulle,

Charmant Catulle,

Chantre léger

D'Éléonore,

Je vous implore

Dans ce danger!
A la déesse

Portez mes vœux.

Qu'une ombre épaisse,

Du haut des cieux

Sur nous s'abaisse....

Je suis vainqueur !

Zulmé me presse

Contre son cœur;

Et, plus timide,

Veut refuser

Un doux baiser ;

Ma bouche avide
Peut tout oser.
Le char rapide
Est emporté.
A mon côté
Que peux-tu craindre ?
Pourquoi te plaindre ,
O ma beauté ?
Qu'osé-je dire ?
Elle soupire
De volupté.

Oui, mon amie
Est dans mes bras !
Guide nos pas ,
Dieu d'Idalie !

L'IVRESSE.

Amour ! Bacchus ! riez de ma folie :
    Dans les bras de ma douce amie,
    Oui, je veux perdre la raison.
Enfin je te connais, félicité suprême !
    Si tu n'es qu'une illusion,
L'illusion est le bonheur lui-même.

Je voudrais m'endormir dans les bras de Zulmé :
    Zulmé, soutiens ma tête languissante ;
Au moment du reveil que ta main caressante
    Rouvre les yeux du bien-aimé.
Non, donne-moi ta coupe, ô ma fidelle amante !
    J'y veux puiser la volupté ;
Indique-moi le bord par ta lèvre humecté,
Que j'y colle à mon tour une lèvrebrûlante.
Bois aussi, ma Zulmé, bois l'oubli du chagrin !
    Enivre-toi du jus divin

Dont Bacchus a rempli mon verre.
Comme à l'amour, au dieu dvin
Tu dois adresser ta prière.
Bacchus, comme l'amour, soumet tout à ses lois.
Il tend au malheureux une main secourable ;
Le riche obéit à sa voix,
Et sous son thyrse redoutable,
On a vu s'incliner les rois.

Amour ! Bacchus ! riez de ma folie :
Dans les bras de ma douce amie,
Oui, je veux perdre la raison.
Enfin, je te connais, félicité suprême !
Si tu n'es qu'une illusion,
L'illusion est le bonheur lui-même.

Partage mon délire, ô mon unique bien !
Éteins le feu qui me dévore ;
Viens près de moi : plus près... plus près encore ;
Que mon sein palpitant repose sur le tien ;

(59)

De nos langues joignons , mordons les traits de flamme ;

Que tout ton corps s'enlace au mien ;

Ne formons plus qu'un corps , quand nous n'avons qu'une
âme.

Qu'amour, fixant sur nous ses regards indécis,

Dans ces liens charmans admire son ouvrage ;

Que nos traits confondus lui retracent l'image

De l'aimable berger (1) qu'adora Salmacis.

Amour ! Bacchus ! riez de ma folie :

Dans les bras de ma douce amie ,

Je viens de perdre la raison.

Enfin, je te connais, félicité suprême !

Si tu n'es qu'une illusion .

L'illusion est le bonheur lui-même.

---

(1) Hermaphrodite.

A ZULMÉ.

La nuit avait enfin tendu son voile obscur,
Et le disque argenté de la lune éclatante,
A nos regards brillait sur un ciel pur,
Quand, dans cette grotte charmante
Où l'amour dirigea nos pas,
Ma bouche reposa sur ta bouche brûlante ;
Quand tu me reçus dans tes bras.
Je fus ton maître, ô ma belle maîtresse !
Tu connaissais l'amour ; tu connus le plaisir,
Et ses tendres fureurs, et sa touchante ivresse,
Et sa langueur préférable au désir.

Méprisons ces amans dont les flammes grossières
Ne cherchent dans l'amour que l'instant de jouir ;
Laissons-les s'écrier : « Voluptés passagères !
» Vous fuyez au moment qu'on vient de vous saisir.
» Un même instant vous voit naître et mourir,

» Ainsi que la bulle légère

» Qu'un enfant, en riant, abandonne au zéphir ;

» S'il ne restait le souvenir,

» Vous seriez presqu'une chimère.

» Être immortel ! toi qui, du haut des cieux,

» De tes puissantes mains laisses tomber sans cesse

» Les âmes en essaims de couples amoureux,

» Quand tu nous brûles de tes feux,

» Nous pleurons de notre faiblesse.... »

Insensés ! vous pleurez, quand il vous rend heureux !

S'il daignait exaucer vos vœux,

Le plaisir tuerait la tendresse.

Calme des sens ! repos voluptueux !

Après tant de combats, ma Zulmé vous implore ;

Quand le plaisir n'est plus, vous l'enivrez encore.

Zulmé, sur ton vainqueur soulève tes beaux yeux ;

Ma Zulmé, laisse-moi jouir de ma victoire.

Pour la centième fois retrace à ma mémoire,

Et mes premiers soupirs, et tes premiers aveux,

Et tes douces frayeurs, et mon heureuse audace,

Et les transports jaloux d'un époux furieux ,

Dont j'ose braver la menace.

Au milieu des dangers on connaît mieux le prix

De la félicité présente.

Une inquiétude piquante

Se peint dans les regards ; on craint d'être surpris ;

On hésite, on écoute, on entend quelques cris ;

Peut-être d'un argus c'est la voix effrayante....

Dans le désordre de l'attente ,

Vingt baisers cependant sont donnés et repris.

Oui, j'aime à voir encor l'épouse dans l'amante :

Des plaisirs sans effroi sont faits pour les maris.

LA JALOUSIE.

Esclave de l'amour, je chérissais mes chaînes ;
En jeune et galant troubadour,
Je me plaisais, dans mon humble séjour,
A chanter mon espoir, mes plaisirs et mes peines.
Illusions d'un amant de vingt ans !
Aimable erreur de la jeunesse !
J'étais heureux, et ma brûlante ivresse
Ne soupirait qu'après ces doux momens,
Où je pouvais voler auprès de ma maîtresse,
Et, sous les yeux de son époux,
Respirer son haleine, effleurer ses genoux,
Marquer d'un pied léger l'heure du rendez-vous,
Et ravir en secret une adroite caresse.
Je jurais à Zulmé de l'adorer sans cesse,
Et, dans ses yeux, je lisais à mon tour
Le sincère et tendre retour

De mes soins et de ma tendresse.
Mais hélas ! l'inconstance est donc sœur de l'amour !
Sous un prétexte vain , et pour mieux se défaire
D'un amant trop peu fait pour plaire ,
On m'accuse d'être jaloux ;
On se plaint de mon caractère....
Ah ! Zulmé, votre humeur légère
Cherche un amant plus tendre , et veut des soins plus
doux.
Ciel !... Zulmé pourrait être une amante parjure !..
Ah ! ma Zulmé, je t'en conjure ,
Pour calmer mes douleurs, réponds-moi sans détour.
Quand tu fis le serment d'un éternel amour ,
M'aimais-tu d'un amour sincère ?
Lorsque Lisette, adroite messagère,
M'introduisit, tout brûlant de désirs ,
Dans ce boudoir, asile du mystère ,
Qui le devint de nos plaisirs ,
Fut-ce un bonheur imaginaire ?
Me trompais-tu ?... Vous ne répondez rien....

Pourquoi ce visage sévère ?

D'où naît ce fier et froid dédain ?

Comment ai-je pu vous déplaire ?

Vous détournez la tête avec un air chagrin ;

Votre main évite ma main....

Il est vrai, j'aurais dû me taire ;

J'aurais dû renfermer ma douleur dans mon sein....

Perfide ! c'en est trop : ma juste jalousie

Va punir à l'instant ton infidélité.

Amour ! seconde ma furie :

Arrache-lui cette beauté

Qui fait le tourment de ma vie.

Dans la fureur dont je suis transporté ,

Je voudrais... sous mes coups... ô dieux ! qu'osé-je dire ?

Arrête ! arrête, ma Zulmé !

Écoute ton amant, pardonne à son délire.

Tu partageas les feux dont il est consumé ;

Tu ne peux le haïr après l'avoir aimé....

Hélas ! elle me fuit ! vainement je l'appelle !

Elle se rit déjà de ma peine cruelle ,

5

Entre les bras de mon rival.
Que maudit soit le jour fatal
Où je fus dévoré d'une flamme nouvelle !
Tu t'en souviens, Amour ! combien elle était belle !
Combien je l'adorais !... Innocence, candeur,
Grâces, esprit, talens, tout me charmait en elle ;
Tout captivait mes sens, tout maîtrisait mon cœur.
Puisque je fus séduit par un masque trompeur,
Amour ! ne dois-je pas oublier l'infidelle ?

LE REPENTIR.

Plains-moi, B******, j'outrageais mon amie ;
Que l'amour a puni mes injustes fureurs !
Des yeux de ma Zulmé je vois couler des pleurs ,
   Et ce n'est pas ma main qui les essuie !
Et c'est moi.... cher B*******, partage mes douleurs :
Je me croyais trahi de celle que j'adore ;
   Je soupçonnais de me manquer de foi
Ce cœur simple et naïf, ce cœur qui n'est qu'à moi....
J'abhorre mes soupçons ; moi-même je m'abhorre....
Ma Zulmé semble fuir mon aspect odieux.
J'implore une caresse , et Zulmé la refuse ;
Elle me jette à peine un regard dédaigneux ;
   Son silence obstiné m'accuse....
Oui, mon erreur jalouse est un crime à ses yeux.
Ah ! Zulmé, c'est l'amour qui m'a rendu coupable ;
   En t'aimant moins , je serais moins jaloux.
Veux-tu , dans ton amant, la froideur d'un époux ?

*

Hélas ! pour mon repos, que n'es-tu moins aimable !
Je ne sentirais plus ce trouble insupportable ,
Dont, loin de toi, mon cœur est sans cesse agité ;
J'aurais moins de rivaux, plus de sécurité ,
Et tu ne verrais plus cet amant redoutab
Qui, d'un mot, d'un coup-d'œil, d'un geste épouvanté ,
Craint que ton cœur ne change , et non pas ta beauté !
Crois-tu que mes soupçons soient l'effet du caprice ?
Quand Germeuil, dans ce bal où j'étais au supplice ,
Releva ton mouchoir, échappé de tes mains ,
Pourquoi d'un doux sourire as-tu payé ses soins ?
J'y consens : ce sourire était sans artifice ;

      Mais , en m'accusant d'injustice ,

Conviens que ce sourire à Germeuil accordé ,
Et maintenant par moi vainement demandé ,
Fut long-temps de mes feux l'unique récompense.
Quand Dorimon, ce fat rempli de suffisance ,
Attaqua de ton schall le pudique rempart ,
Tu parus approuver cet excès d'impudence
Qui, si je t'en croyais, fut l'effet du hasard.

Cependant Dorimon, dont tu pris la défense,

De l'amour irrité devina le regard.

Mais pourquoi, ma Zulmé, rallumer ta colère ?

Dois-je te rappeler les noms de mes rivaux ?

Faut-il citer Valmont, dont les hardis propos

Font rougir l'innocence ? et ce pesant Valère,

Du temple de Vénus prêtre sexagénaire ?

Qu'il aille, s'il le veut, près de la douce Iris,

Près de la vive Églé grimacer un souris ;

Près de toi ce n'est plus qu'un rival téméraire

Que je dois accabler du poids de mon courroux.

Mais que dis-je ? un matin, je m'en souviens encore,

Florville, ce guerrier à peine à son aurore,

Dans son espoir hardi, tombait à tes genoux ;

     J'entrai : tu rougis à ma vue.

    Cet œil humide et cette voix émue,

Cette terreur qu'en vain tu voulus déguiser,

D'où venaient-ils ? réponds... Crains-tu de te défendre ?

Je suis calme, j'écoute, et tu peux t'excuser.

Tu ne me réponds rien ?.. c'est trop me faire entendre !

Ciel !... à quel point l'amour égare ma raison !

Cher ami, jusqu'où va le trouble de mon âme !

Lorsqu'aux pieds de Zulmé j'implore mon pardon,

Insensé ! j'ose encore interroger sa flamme !

   Je suis encor dévoré du poison

    Que, dans mon sein, versa la jalousie.

    Tourmens affreux ! horrible frénésie !

Faut-il donc vous connaître en connaissant l'amour ?

O ma mère ! ô d'un fils confidente chérie !

Les ai-je dans tes flancs puisés avec la vie ?

Suis-je à leur joug honteux attaché jusqu'au jour

Où mes feux s'éteindront sous les glaces de l'âge ?

Trop heureux le mortel qui, simple en ses plaisirs,

    Coule ses jours au sein de son ménage,

    Et qui, près d'une épouse sage,

Satisfait sans amour de tranquilles désirs !

ADIEUX.

Il faut donc vous quitter encore,
Ami, maîtresse, objets si doux !
Demain, au lever de l'aurore,
Demain je serai loin de vous.
Fidèle au devoir qui m'entraîne,
Je fuis les rives de la Seine,
Et mes amours et le bonheur ;
Dans les champs que baigne la Loire,
Puissent les rêves de la gloire
Remplir le vide de mon cœur.
Mais non ; consolez ma douleur,
Tendre amour ! amitié sacrée !
Et que votre image adorée
Offre à mon âme déchirée
Un souvenir consolateur.

Au milieu du fracas des armes,

Et dans le silence des nuits,

Venez adoucir mes ennuis;

Faites-moi répandre des larmes,

En me rappelant mes beaux jours.

Malheureux celui qui toujours,

De ces pleurs ignora les charmes !

Sainte amitié ! tendres amours !

Il vous refuse son hommage ;

Ah ! puisse-t-il, glacé par l'âge,

Implorer en vain vos secours.

Heureux, qui se dit à lui-même :

Je suis ami, je suis amant,

Je suis aimé de ce que j'aime.

Hélas ! sans doute, en ce moment,

B******* invoque ma présence :

Zulmé gémit de mon absence ;

Zulmé soupire, et sa beauté

S'augmente encor de sa tristesse.

Loin de cet asile enchanté,
Discret témoin de mon ivresse,
Moi je rêve la volupté
Dans les regrets de ma maîtresse.

LE VOYAGE.

Qu'exiges-tu ? De son voyage
Historien minutieux,
Dans un récit fort ennuyeux,
Faut-il que ton ami s'engage ?
Doit-il, pesant imitateur
Des Bachaumont et des Chapelle,
(Et beaucoup moins ami qu'auteur),
T'envoyer la liste fidelle
Des villes, des bourgs, des hameaux,
Des auberges et des châteaux,
Qu'il a trouvés sur son passage ?
Et dans ce triste badinage,
Jeter quelques vers innocens
Sur la pluie et sur le beau temps,
Le tout, à défaut de bon sens,
Noyé dans un long verbiage ?

Faut-il étaler sous tes yeux
Les fruits de ma *course lointaine*,
Et disserter, à perdre haleine,
Sur mille objets très-curieux,
Que l'on trouve aux bords de la Seine?
Ménageons mon temps et ma veine,
Et sachons les employer mieux.
Argan, que son mérite enchante,
Peut, dans une lettre assommante,
Parler de lui, toujours de lui ;
Moi, si j'écris à mon ami,
C'est pour parler de mon amante.
En racontant mes souvenirs,
Je m'entretiens de ceux que j'aime :
Je suis privé du bien suprême,
Mais il me reste les désirs.

Loin de l'ami de mon enfance,
Et loin des bras de ma Zulmé,
Crois-tu qu'avec indifférence,
En observateur transformé,

J'allais, barbouillant mes tablettes,
De quelques notes indiscrettes,
Trop souvent l'effroi du lecteur?
Non ; j'étais aux lieux où vous êtes,
Et vous seuls occupiez mon cœur.
Ainsi, lorsqu'aux champs de l'honneur,
La nuit fait cesser le carnage,
Que, lasse d'assouvir sa rage,
Bellone a nommé le vainqueur,
Par degrés au fracas des armes,
Et du tambour et du clairon,
Aux cris effrayans des alarmes,
Succède un silence profond ;
Le guerrier fatigué sommeille,
Le fer échappe de sa main :
Mais le bruit tonnant de l'airain
Résonne encore à son oreille.

Ainsi, j'étais plein du passé,
Et je le rappelais sans cesse :

Par son image enchanteresse,

Le présent etait effacé.

Dans une douce rêverie,

Malgré moi, souvent enfoncé,

Je croyais, près de toi placé,

Entendre encor ta voix chérie ;

Et dans chaque femme jolie,

Les songes dont j'étais bercé

M'offraient les traits de mon amie.

Je vous quittais, sans le savoir ;

Je voyais tout, sans rien connaître ;

Je regardais tout sans rien voir ;

Hélas ! j'étais heureux peut-être.

Mais quand un maudit postillon,

De la voix et de l'aiguillon

Pressant son pesant attelage,

Dissipait mon illusion,

Alors je perdais le courage,

Si je retrouvais la raison ;

De mes yeux, couverts d'un nuage

Alors s'échappaient quelques pleurs...
Pourquoi me presser davantage ?
Va, le récit de mes douleurs
Est le récit de mon voyage.

A MON AMI ET A MA MAITRESSE.

Déja l'oiseau, sous le feuillage,
A suspendu son nid d'amour ;
Et rien n'annonce mon retour,
Ni la fin de mon esclavage.
Dans le fond d'un désert sauvage
Suis-je à jamais abandonné?
Le ciel m'aurait-il destiné
A sanctifier l'Ermitage,
Où, depuis six mois confiné,
Je commence à devenir sage?
Cela se peut ; et quelquefois,
J'aurais presque la fantaisie
De mener une sainte vie
Sous la robe de Saint-François.
Approuvez-vous cette folie?
Soyons ermites tous les trois.

Toi B*******, quitte la tournure

D'un petit maître du bon ton ;

Laisse venir à ton menton

Un poil épais : et, sous la bure,

Les reins serrés d'un gros cordon,

Marche appuyé sur un bâton ;

Baisse humblement cet œil fripon,

Qui convient mal à la figure

D'un pourvoyeur en capuchon.

Pour moi que les maux de l'absence

Privent déjà de la santé,

Moi, qui déjà fais pénitence,

Je puis, je crois, en sûreté,

Conserver mon triste visage,

Et sans peur d'être rebuté,

Solliciter la charité

Des dévotes du voisinage.

Toi, ma Zulmé, dans le réduit,

Qui s'embellit de ta présence,

Si quelque berger s'introduit

Pour implorer ton assistance,
Et décharger sa conscience
Des doux péchés, où le démon
Fait souvent tomber l'innocence,
Donne lui l'absolution,
En lui commandant l'abstinence ;
Et cependant, dis-toi tout bas :
Heureux celui qui recommence ;
Malheureux qui ne pèche pas !

Mais pourquoi des grains d'un rosaire,
Zulmé, charger tes jolis doigts ?
Pourquoi d'une étoffe grossière
Entourer ta taille légère ?
O ma Zulmé, si tu m'en crois,
Garde ton aimable parure ,
Et, pour cordon, prends la ceinture
Que Vénus portait autrefois.
Bientôt près de nous on s'empresse ;
Chacun accourt dans le saint lieu :

6

Mais tel qui vient pour prier dieu,

Ne pense plus qu'à la prêtresse.

Bientôt, ravi de ta beauté,

Plus d'un berger apostasie,

Et te croit la divinité

Qui fait le beau temps ou la pluie.

Viens donc, ô ma charmante amie,

Et ces monts de neige couverts,

Et ces rochers, et ces déserts,

Se changeront en Arcadie.

Viens.... mais hélas! en attendant,

Je reste seul; et cependant,

Déjà l'oiseau, sous le feuillage,

A suspendu son nid d'amour,

Et rien n'annonce mon retour,

Ni la fin de mon esclavage.

LE DÉSESPOIR.

Favori du dieu de Cythère,
Que Parny, d'une voix et touchante et légère,
Chante ses feux et ses beaux jours ;
Ses vers, avoués des amours,
Ont immortalisé ses plaisirs et sa gloire.
S'il se plaint d'un refus, s'il chante sa victoire,
Vénus même applaudit à ses sons ravissans ;
Brûlés du feu qui le dévore,
Tous ses lecteurs sont les amans
De sa piquante Éléonore.
Comme lui, de l'amour j'ai connu les transports,
Et plus que lui je fus heureux peut-être.
L'amour qui l'inspira, l'amour qui fut son maître,
Sans m'accorder d'aussi touchans accords,
Monta les cordes de ma lyre.
Il est passé le temps de mon délire !

Jadis un chant joyeux égayait mes travaux ;
Sur mes lèvres hélas ! maintenant il expire.
J'ai tout perdu ; dans la nuit des tombeaux,
J'ai vu descendre, au printemps de la vie,
Et mon amante et mon amie.
Guidé par ma douleur, j'allai sous les drapeaux
Du dieu terrible de la guerre,
Chercher la gloire , et surtout le trépas.
J'avais perdu l'espoir d'être époux , d'être père ;
J'étais las d'exister.... mais la voix d'une mère
Implorait mon appui ; je revins dans ses bras.
Par degrés je sentis s'effacer dans mon âme
Les traits chéris d'un objet adoré :
Mais le temps qui put seul triompher de ma flamme,
N'adoucît pas les maux dont je suis déchiré.
Je penche un front décoloré
Vers ce sol de douleurs qui déjà me réclame ;
Une langueur , qu'en vain je voudrais définir,
Me montre dans la vie un joug insupportable ;
Un je ne sais quel vide et m'attriste et m'accable.

L'amour ne m'offre plus qu'un affreux souvenir :
L'excès de mes malheurs , à ce dieu redoutable,
    A dérobé mon avenir ;
Cependant , de l'amour victime déplorable ,
    Ma liberté redouble mes ennuis.
Je ne veux plus aimer ; et mes jours et mes nuits ,
Tristement enchaînés , s'écoulent dans les larmes.
Les baisers maternels , pour moi n'ont plus de charmes ;
J'ai brisé mes pinceaux ; j'écoute sans plaisir
Et les sons d'une lyre , et le fracas des armes.
Je ne veux plus aimer !... B******* ..... je dois mourir.
Adieu, mon tendre ami... c'en est fait.... je succombe,
Moissonné sans regret à la fleur de mes ans ;
Adieu ! l'asile obscur où j'ai creusé ma tombe ,
    A retenti de mes derniers accens.

———————

LES REGRETS.

Je touchais, jeune encore, au terme de ma vie,
Et ma lyre muette échappait de ma main ;
Aux bords de mon cercueil je voyais mon amie,
  En souriant, m'appeler dans son sein.
    Quel dieu, touché de ma misère,
De ce lit de douleurs écarte le trépas ?
Sur quel sol étranger dirige-t-on mes pas ?
Cher ami !... c'est donc toi qui me rends à ma mère ?
Oui, des larmes de joie ont coulé de ses yeux ;
    Je revois encor la lumière,
Et mes pieds ont foulé le champ de mes aïeux.
Salut, toît paternel ! et vous secrets ombrages,
De bonheur et de paix silencieux séjour !
Arbres mystérieux, dont les dômes sauvages
N'ont jamais retenti des accens de l'amour,
Salut ! dieux de ces bois, recevez mon hommage.

Mais hélas ! désormais où cacher ma douleur ?

Ces bois ont perdu leur feuillage,

Ces ruisseaux leur murmure, et ces prés leur fraîcheur.

Vallon délicieux, vallon cher à mon cœur,

Qui vis mes premiers jeux, plaisirs du premier âge,

Où sont tes épis d'or, espoir du laboureur ?

Pourquoi le chantre du bocage

A-t-il abandonué sa demeure ?... le vent,

Dans l'herbe desséchée, a sifflé tristement,

Et des rameaux rompus, et des feuilles flétries,

Débris infortunés du chêne languissant,

A chassé les amas au fond de nos prairies ;

L'automne, en frissonnant, a fait place à l'hiver.

Plus de jeux ! plus de chants ! sur le coteau désert,

Irai-je promener mes sombres rêveries ?

C'est-là, qu'assis jadis, à la chûte du jour,

Dans un calme profond, j'écoutais tour à tour

Le tintement bruyant des clochettes légères,

Qu'agitaient dans leurs bonds les guides des troupeaux ;

Le bêlement plaintif des timides agneaux,

Et le vieux refrain des bergères.

Plaisirs simples et purs ! plaisirs toujours nouveaux !

Rappelez-moi le temps de ma jeunesse.

Muse, de ma pensée éternelle maîtresse,

O muse ! porte-moi dans ces lieux retirés,

A la mélancolie, au repos consacrés ;

Guide au matin ma course vagabonde,

Dans les sentiers cachés de ces vastes forêts,

Monumens des déserts, aussi vieux que le monde...

Mais non..., ces lieux si beaux, qu'implorent mes regrets,

Garderont un morne silence.

Ami, que me veux-tu ? d'une folle espérance

Pourquoi chercher à me nourrir ?

Privé de mes amours, puisque je dois vieillir,

Ah ! rends-moi donc au moins les jeux de mon enfance,

Ou laisse-moi mourir.

ROSETTE.

CONTE.

ROSETTE.

« Est-il bien vrai? quoi? j'ai seize ans !
» Qu'on doit être heureuse à cet âge !
» Chacun le dit.... moi, je le sens.
» Bocages frais ! vallons rians !
» Ruisseau limpide où , sans nuage ,
» Le ciel retrace son image ,
» Fleurs que j'attache à mon corsage ,
» Aimables trésors du printemps !
» On doit vous aimer davantage ,
» Lorsque l'on vous aime à seize ans. »

C'est ainsi que chantait Rosette,
En moissonnant la fleur des champs.
Le refrain de sa chansonnette
Était ces mots : Quoi? j'ai seize ans !
Ces mots si doux, ces mots touchans
Font réfléchir une fillette :

Rosette aussi réfléchissait....
Comme à seize ans ; douce folie
La rendait encor plus jolie ;
L'Amour joyeux applaudissait.

C'était le matin, et l'Aurore
Du sein de l'Orient vermeil,
En pleurant, souriait à Flore ;
Les oiseaux chantaient son réveil.
L'air était pur, et de Rosette
Le cœur naïf l'était aussi :
Jeune tendron sans amourette,
A seize ans n'a point de souci.

Lorsqu'au milieu de sa carrière,
Le soleil eut également
Épandu des flots de lumière,
Douce Rosette, en soupirant,
S'endormit auprès de sa mère.
Enfant de ces vagues désirs,

Dont Cupidon, dans ses malices,
Trouble le repos des novices :
Témoin de ces premiers plaisirs,
Que le sommeil de l'innocence
Goûte souvent sans le vouloir,
(Mais qui laissent le doux espoir
D'en réaliser l'apparence.)
Un songe amoureux, jusqu'au soir,
Voltigea devant sa paupière.
Grands dieux ! s'écria la bergère,
En poussant un nouveau soupir :
Ah ! laissez-moi toujours dormir ;
Prolongez une erreur si chère !

Quand Phébé, sur son char d'argent,
A son tour éclaira le monde,
Rosette, le cœur palpitant,
Porta sa course vagabonde
Au fond d'un bois silencieux,
Du mystère retraite sombre ;
Julien aussi marchait dans l'ombre,
Sous ses dômes religieux.

Rosette, en invoquant les dieux,
En maudissant son imprudence,
Volait dans le bois tortueux,
Quand, tout à coup, devant ses yeux,
Julien se montra. Sa présence
Déplut-elle ou non ? J'aime mieux
Convenir de mon ignorance,
Que de tromper les curieux.
Sur tous ces faits minutieux
Rosette a gardé le silence.

Je sais fort bien, dans tous les cas,
Qu'à la ville comme au village,
Une beauté modeste et sage,
Sculette, ne rencontre pas
Beau garçon à la fleur de l'âge,
Sans éprouver, selon l'usage,
Une secrète émotion.
Je sais fort bien qu'un beau garçon,
Au village comme à la ville,
Au fond d'un solitaire asile,

Ne trouve pas jeune tendron ,

A l'œil mutin , au pied mignon ,

A la bouche fraîche et vermeille ,

Sans qu'Amour , au maître fripon ,

Ne dise tout bas à l'oreille :

Il est minuit ; à la maison

La maman dort , Argus sommeille ;

Ne crains rien , et quand l'Amour veille ,

Profite de l'occasion.

Julien , avec galanterie ,

Offrit un bras qu'on repoussa ;

Avec ardeur il proposa

De guider sa charmante amie ,

(car c'est ainsi qu'il la nomma.)

Mais Rosette , par modestie ,

En rougissant , le refusa ,

Et dans son refus persista.

Julien , à la fin , l'emporta ;

Au fond du bois il l'entraîna ;

Voyez ce qu'il en arriva....

Moi je l'ignore, et notre histoire
N'en dit un mot ; mais, s'il faut croire
Des gens sans feinte, sans détour,
Pauvre Rosette, à son retour,
Disait, en répandant des larmes :
Tristes seize ans ! funestes charmes !
O ma mère ! ô perfide amour !

Ainsi périt l'espoir de Flore ;
Ainsi s'évanouit l'espoir ;
Ainsi qui sourit à l'aurore,
Comme on voit, peut pleurer le soir.

Dans le sein d'une tendre mère,
Rosette, pendant quelques jours,
Déposa sa douleur amère ;
Mais on ne peut pleurer toujours.
Le Temps emporta sur son aile
Et les sermens d'un infidèle,
Et le printemps et les amours.

Bientôt, sous les lois d'Hymenée
L'aimable Rosette enchaînée,
Parut oublier sa douleur ;
Et cette nuit infortunée,
Et surtout ce moment d'erreur,
Moment, dont le souvenir même
Cause toujours quelqu'embarras,
Et peut fâcher l'époux qu'on aime,
Comme celui qu'on n'aime pas.

Mais, hélas ! Rosette était femme,
Et Rosette, au fond de son âme,
Regretta le passé, dit-on.
Au mois charmant où la nature
Reprend sa robe de verdure,
Où Flore embellit le vallon,
Assise sur l'épais gazon,
Rosette répétait sans cesse :
Age charmant de la jeunesse,
Et de l'amour trop courts instans !

7

Si je pouvais, dans mon ivresse,
Pleurer encor comme à seize ans!

Mais las ! inutile tristesse !
Chagrins et regrets superflus !
Voici le temps de la sagesse,
Et Rosette ne pleure plus.

———————

N. B. Rosette et Anacréon sont imités de je ne sais plus quels contes en prose. Il n'est pas honteux d'imiter ; mais il est honteux de ne pas l'avouer.

ANACRÉON.

ANACRÉON.

Depuis long-temps la nuit obscure
Avait plané sur le vallon,
Et les échos lointains répétaient le murmure
De la forêt qu'agitait l'aquilon.
Au coin de son foyer, le vieil Anacréon
S'efforçait de chasser la piquante froidure,
Qui triomphait de sa cloison.
Hélas ! ils n'étaient plus les jours de sa jeunesse !
Ces jours où, chancelant dans une aimable ivresse,
Anacréon chantait sur un luth amoureux,
Et sa Glycère et sa tendresse.
Vous n'êtes plus, momens voluptueux !
Vous n'êtes plus !... et la froide vieillesse
D'Anacréon a blanchi les cheveux.
Il veillait, et des pleurs s'échappaient de ses yeux.
Tout à coup on frappe à sa porte :
— Ouvrez, c'est un ami. — Bon ! revenez plus tard.

— Je suis morfondu. — Que m'importe !

A repris le triste vieillard,

D'une voix morose et chagrine.

Il cède enfin, il ouvre lentement,

Touché d'une plainte enfantine ;

Il ouvre, et reconnait, saisi d'étonnement,

Cet enfant malin dont l'empire

Embrasse la terre et les cieux,

Qui fut son maître et le maître des dieux,

Cupidon, qui veut bien lui jeter un sourire,

Et le saluer par son nom.

Je te revois encor ! s'écrie Anacréon ;

Oui, voilà cet arc homicide !

Fuyons ! délivrons-nous d'un aspect odieux.

Eh ! que veux-tu de moi, divinité perfide ?

Que viens-tu chercher dans ces lieux ?

On y méprise ta puissance.

En ce moment, peut-être, avide de savoir,

Une vierge timide invoque ton pouvoir.

Vole auprès d'elle ; ta présence

Trouble déjà la paix qu'on goûte en ce séjour.

Dieux immortels ! répond l'Amour ;
De mes bienfaits voilà la récompense !
Anacréon , sans craindre ma vengeance,
Que doit peut-être exciter son orgueil,
Anacréon me lance un dédaigneux coup-d'œil !
C'est un fardeau pour lui que la reconnaissance !
Mais non , je puis encore oublier cette offense.

Anacréon , ouvre ton cœur
A ce dieu qui t'aima… qui t'aima trop peut-être !

Ah ! pour rougir de ton erreur,
Il te suffit de la connaître.
Réponds , ingrat ; mes services passés
Sont-ils de ta mémoire à jamais effacés ?
Qui t'a conduit à ce fleuve où Délie
Baignait, dans le secret, ses innocens appas ?
Quel dieu daigna guider tes pas
Dans ce bosquet où reposait Célie ?
Quand Chloé criait au secours,
N'est-ce pas l'aîné des amours

Qui t'inspira, vieillard morose,
De fermer ses lèvres de rose,
De ce premier baiser, si long-temps attendu,
Et qui, je crois, te fut rendu?
Alors tu me jurais d'être à moi pour la vie;
Alors tu m'adressais tes vœux et ton encens;
Je régnais dans ton cœur, je maîtrisais tes sens;
Même éloigné de ton amie,
C'était encore à moi que s'adressaient tes chants.
Te souvient-il de la jeune Zélie?
Tu t'épuisais près d'elle en efforts superflus;
A tes regards brûlans, Zélie, avec adresse,
D'un voile transparent opposait le refus;
Je triomphai de sa faiblesse,
Je forçai la pudeur de céder au désir;
L'Amour seul à Zélie enseigna le plaisir:
C'est lui qui, dans tes bras, enchaîna ta maîtresse
Pour la voir expirer, et renaître et mourir.
Ne reviendront-ils plus ces doux instans d'ivresse?
Ecoute les accens de ma juste douleur.

Ah ! de nouveau, sous le ciel de la Grèce,

Mon vieil ami, viens goûter le bonheur,

Comme au printems de ta jeunesse. »

Anacréon, insensible à sa voix,

Veut encor résister ; mais l'amour en colère,

S'arme d'un trait, l'ajuste, et lui dit : téméraire,

A la plus aimable des lois

Tu prétends en vain te soustraire.

Percé du trait vengeur, le chantre de Glycère

A senti rallumer ses feux,

Et l'éclair du génie a brillé dans ses yeux.

L'Amour fit ses plaisirs, Apollon fit sa gloire ;

Il chante, et sa lyre d'ivoire

Marie à ses accens des sons mélodieux.

Cupidon, en riant, retourne dans les cieux,

Et court à Cythérée annoncer sa victoire.

LETTRE

DE

FLORVAL A VALSAIN.

L'homme que le malheur açcueillit au berceau ,
Esclave du malheur , doit descendre au tombeau.
Page 134.

AVANT-PROPOS.

L'héroïde n'est plus à la mode; ce mot veut tout dire. Cependant, pourquoi un jeune homme ne pourrait-il pas essayer ses forces dans un genre auquel Colardeau (1) doit le plus beau fleuron de sa couronne poétique; dans un genre que n'a point dédaigné le courageux auteur de l'Ami des Lois, l'auteur de l'Épître à un jeune cultivateur? n'ont-ils pas prouvé, qu'avec un sujet intéressant et de beaux vers, on pouvait, dans quelque genre que ce fût, captiver les suffrages des gens de

(1) Colardeau n'est point un grand poète; mais son épitre d'Héloïse à Abeilard est un excellent morceau de poésie; en imitant Pope, Colardeau s'est montré original. Voyez ce qu'en dit la Harpe dans son Cours de littérature.

goût ? Si mon Héroïde vous ennuie, avez-vous le droit de dire que l'Héroïde est un genre nécessairement ennuyeux ? Non, je ne le crois pas ; accusez-moi, si vous voulez, de n'avoir su ni choisir un sujet, ni faire de bons vers ; relisez l'épître d'Héloïse et celle de madame de Tourvel (1), et je vous paraîtrai seul coupable.

____

(1) De M. Laya.

FLORVAL.

ARGUMENT.

Florval, avant d'expirer, raconte à son ami Valsain ses malheurs et son crime involontaire.

FLORVAL A VALSAIN.

—————

COMPAGNON vertueux de mes premiers plaisirs,
Que n'es-tu le témoin de mes derniers soupirs?
Que ne puis-je, ô Valsain, et te voir et t'entendre?
Penché sur le cercueil, bientôt j'y vais descendre,
Hélas! et mon ami ne ferme point mes yeux;
Et la douce pitié, qui rejette mes vœux,
Refuse de me tendre une main secourable,
Et fuit, en frémissant, du séjour d'un coupable!
D'un coupable!.. ah! Valsain, trop prompt à m'accuser,
Peut-être aurais-je dû me taire ou t'abuser;
Mais non, profitant mieux du moment qui me reste,
Je dois à mon ami la vérité funeste.

Tu le sais; j'étais las de mon oisiveté,
Lorsque, de l'Angleterre esclave révolté,

L'Américain conquit sa fière indépendance.

Un grand peuple implora les secours de la France.

Espérance du faible, appui du malheureux,

Mon Roi, pour seconder ce dessein généreux,

Couvrit de ses vaisseaux les mers du nouveau monde.

La gloire m'appelait ; je la suivis sur l'onde.

Je partis ; le destin sourit à nos efforts,

Et l'Amérique enfin nous reçut dans ses ports.

Je ne te dirai pas les succès d'une guerre

Glorieuse pour nous, fatale à l'Angleterre,

Qui, d'un peuple né libre, affranchissant les droits,

Le rendit à la paix sans lui donner des lois ;

Je le voudrais en vain, et l'histoire fidelle

Tracera mieux que moi des faits si dignes d'elle.

Maître enfin de moi-même, après tant de dangers,

Après douze ans passés sur des bords étrangers,

J'allais braver encore une mer inconstante,

Quand un récit affreux vint tromper mon attente.

Des Français !... non, Valsain, d'infâmes assassins

Dans le sang de leurs Rois avaient trempé leurs mains.

La France avait perdu ses maîtres légitimes ;
Sur les débris du trône entassant les victimes,
Le crime audacieux opprimait les vertus....
Ou pour tout dire enfin, la France n'était plus.
Mes honneurs enlevés, ma fortune ravie,
Le fer républicain qui menaçait ma vie,
L'horreur plus grande encor de terminer mes jours
Sur un sol étranger, dans appui, sans secours,
Rien n'ébranlait ce cœur nourri dans les alarmes.
Mais toi seul, ô Valsain, faisais couler mes larmes.
Errais-tu, comme moi, dans des climats lointains ?
Traînais-tu dans les fers tes malheureux destins,
Ou, bravant des bourreaux la vengeance et la rage,
Avais-tu préféré la mort à l'esclavage ?
De si justes terreurs sans relâche agité,
Et de mes propres maux malgré moi tourmenté,
Que de fois je voulus, victime abandonnée,
Moi-même au glaive offrant ma tête condamnée,
Voler à ce trépas qui m'était destiné !
O joie inattendue ! ô moment fortuné !

Valsain respire encor ; voilà sa main chérie !
Il a formé ces traits... il vit ! et ma patrie
D'une longue anarchie étouffe le flambeau ,
Et du sang des tyrans rougit cet échafaud ,
Trône affreux, d'où naguère enhardis au carnage ,
Ils dictaient , impunis, le meurtre et le ravage.
Ah ! sans doute , Valsain , dans ces mêmes momens,
L'amitié t'arrachait quelques gémissemens ;
Tu te plaignais au ciel de ma trop longue absence.
Que ta lettre exprimait de tendre impatience !
Loin de toi cependant qui retenait mes pas ?
L'amour... ah ! cher Valsain , je ne t'oubliais pas ;
Mais mon âme , à l'amour toute entière livrée,
D'une invincible ardeur gémissait dévorée.
Tu frémis , apprends tout. Le destin des combats
Dans les murs de Boston avait conduit mes pas.
Un guerrier généreux , déjà courbé par l'âge ,
Qui long-temps sur nos pas signala son courage ,
Belfort me reconnait , et s'approchant de moi :
Intrépide Français , cher Florval , est-ce toi ?

Oui, Florval est encor présent à ma mémoire.

Tout brave est un ami ponr qui chérit la gloire.

Viens, suis-moi ; ta présence a satisfait mes vœux.

A ces mots, s'appuyant sur un bâton noueux,

Il marche vers l'asile, abri de sa vieillesse.

Semblable à ces beautés dont se vantait la Grèce,

Sa fille nous reçoit. Une aimable rougeur

Couvre son front charmant où brille la candeur.

Sa main, avec effort, a soulevé mes armes,

Et cet effort, Valsain, révèle encor des charmes.

L'innocence modeste augmente ses appas ;

Elle est belle, et pourtant elle ne le sait pas.

Pour la première fois je sens mon âme émue ;

Je soupire, brûlé d'une flamme inconnue..

En voyant Azélie, inquiet, agité,

Dans un autre univers je me crois transporté.

Chaque jour, chaque instant ajoute à mon délire.

Chaque jour je la vois, je l'entends, je respire

Cet air, qu'autour de moi sa bouche a parfumé ;

Je presse ce tissu que sa main a formé ;

Ce voile, ce rézeau, cette robe élégante,
Tout à mes yeux ravis offre encore une amante.
Délicieux transports ! doux pouvoir de l'amour !
Un an près d'Azélie ne me parut qu'un jour.

Hélas ! quand tout servait d'aliment à ma flamme,
L'amour d'un vain espoir avait charmé mon âme ;
Azélie à Florval ne devait pas s'unir :
Un autre de son père avait su l'obtenir.
    Je cachais à Belfort mon ardeur criminelle.
Dans les épanchemens d'une âme paternelle,
Souvent il me disait : honneur de ses parens,
Ma fille, cher Florval, console mes vieux ans.
Beautés, grâces, talens, elle a tout en partage.
Excusez mon orgueil ; ma fille est mon ouvrage.
Ainsi, sans le vouloir, cet imprudent vieillard
Sans cesse dans mon cœur enfonçait le poignard.
Trop aveugle Belfort ! quand ma bouche brûlante
Te parlait d'Azélie ; ou, quand pâle, tremblante,

Ta fille me jetait un timide regard ;

Quand tu nous surprenais, soupirant à l'écart ;

Lorsque tout de nos feux marquait la violence,

Tu m'accusais encor de trop d'indifférence !

Tu me pressais d'aimer !... toi-même, ah ! malheureux,

Toi même nourrissais un poison dangereux.

Mais, où vais-je chercher une odieuse excuse !

C'est moi qui fis le crime, et c'est moi qui t'accuse !

Combien de fois hélas ! interrogeant mon cœur,

Opposai-je à l'amour mes devoirs et l'honneur !

Que de fois, quand l'amour, d'une voix séduisante,

M'offrit des voluptés l'image ravissante,

Luttant contre les feux dont j'étais consumé,

Je voulus !... ah ! Valsain, j'aimais, j'étais aimé !

La charmante Azélie, à l'autel entraînée,

Sous un joug odieux allait être enchaînée ;

Un père l'ordonnait... mes cris, mon désespoir,

Mes pleurs, qui de l'amour empruntaient leur pouvoir

Tout me sembla permis pour vaincre ma maîtresse.

Te le dirai-je enfin ?.. partageant mon ivresse,

Elle suivit mes pas. . infortunée ! un jour,
Tu devais payer cher les erreurs de l'amour !

Loin d'un père irrité, loin du séjour tranquille,
Si long-temps du bonheur simple et modeste asile,
L'amour guida nos pas en ces rians déserts,
Que jamais ne blanchit la neige des hivers :
Azélie y fixa ma course vagabonde ;
Là, dit-elle, je veux, dans une paix profonde,
Couler auprès de toi de fortunés amours ;
Y finir près de toi le reste de mes jours.

D'un rocher, tapissé de flottantes lianes,
Un ruisseau s'échappait au milieu des savanes,
Et dans un grand vallon, rafraîchi par son cours,
Aimait à s'égarer en sinueux détours ;
Mille arbres différens, le long de ses rivages,
Voyaient se réfléchir leurs mobiles images ;
Plus loin, c'était des prés, et des ruisseaux encor ;
Là, d'un champ de maïs flottaient les épis d'or ;

Là, parmi des sagous le riz montait en gerbes ;
La cassave plus loin croissait parmi les herbes ;
Un rideau de verdure entourait l'horizon,
Et semblait aux regards dérober le vallon.
Loin des yeux des mortels cette heureuse contrée
Devint de nos amours la retraite ignorée.
A l'abri du rocher je choisis un enclos
Que j'entourai deux fois de jeunes arbrisseaux,
Dont le naissant feuillage ombrageait la prairie.
Ah ! Valsain, que l'amour sait donner d'industrie !
Transporté pour jamais sous des cieux inconnus,
Trop coupable peut-être, ami, ce n'était plus
Ce Florval qui jadis, au sein de l'opulence,
Coulait dans les plaisirs sa molle adolescence ;
Ce Forval, qui douze ans guida les étendards
De nos Français, douze ans l'effroi des léopards.
Ils n'étaient plus ces jours de gloire et de fortune !
Si, malgré mes efforts, leur mémoire importune
Arrachait à mon cœur quelques faibles regrets ,
L'amour au même instant me retraçait les traits ,

Les grâces, les vertus d'une épouse chérie ;
Je retrouvais la paix dans les bras d'Azélie.

Déjà, depuis trois ans, au vallon des déserts
Mon Azélie et moi nous bornions l'univers ;
De nos chastes amours un fils était le gage.
De mon épouse en lui je revoyais l'image ;
C'étaient ses yeux charmans, son sourire enchanteur.
Lorsque je les pressais ensemble sur mon cœur,
J'adorais à la fois, tendre époux, heureux père,
Ma femme dans mon fils, et mon fils dans sa mère.
Chaque jour resserait ce lien fortuné ;
Un bonheur éternel me semblait destiné...
Mais le bonheur de l'homme, hélas! n'est qu'un mensonge;
Ami, ces jours sereins ont passé comme un songe...
Ah! si je n'ai plus droit aux pleurs de l'amitié,
Lis, et verse du moins quelques pleurs de pitié.

Un matin, seul, assis sur les bords du rivage,
Je contemplais les flots tourmentés par l'orage :

L'orage se calmait ; quelques pâles éclairs,
De loin en loin, brillaient sur l'abîme des mers,
Et la foudre, en grondant, s'éteignait dans la nue ;
Un homme, tout-à-coup, se présente à ma vue,
Un homme est à mes pieds. Troublé, saisi d'effroi,
Je fuyais sans l'entendre : hélas ! secourez-moi,
Par pitié, me dit-il, écoutez ma prière.
Quels accens, cher Valsain !.. c'est un Français, un frère !
Peut-être il te connaît... je reviens sur mes pas,
Je suis à ses côtés, je le prends dans mes bras,
Et ma bouche, attachée à sa bouche mourante,
Fait passer dans son sein une haleine brûlante.
Il ouvre enfin les yeux après un long effort,
Retombe à mes genoux, et les embrasse encor.
Ami, lui dis-je alors d'une voix attendrie,
Ami, rassurez-vous ; la France est ma patrie.
Un Français malheureux a des droits tour à tour,
Malheureux à mes soins, Français à mon amour.
Ses yeux, de ses transports éloquens interprètes,
S'expriment à défaut de ses lèvres muettes ;

On y lit à la fois la joie et la douleur.
Il regarde la mer, s'éloigne avec horreur,
Et me suit à pas lents. Du rocher solitaire
Nous atteignons enfin l'enceinte hospitalière.
Mon aimable Azélie, à la voix d'un époux,
Son fils entre les bras, vole au devant de nous.
J'introduis l'étranger, et ma main diligente
Fait jaillir des sarmens la flamme pétillante ;
Mon épouse prépare un champêtre repas.
Des joncs, entrelacés par ses doigts délicats,
Se couvrent des présens d'une terre féconde :
L'ananas, que l'Europe envie au nouveau monde,
L'orange, le coco qui contient dans ses flancs
D'un lait délicieux les sucs rafraîchissans,
La datte, le raisin à la grappe d'ébène,
Doux trésors qui, jadis enlevés à la plaine,
Sous mes yeux maintenant naissent dans mon verger,
Voilà les simples mets offerts à l'étranger.
Il s'assied près de moi, me regarde et s'écrie :
O repos du désert ! solitude chérie !

O bonheur sans mélange ! époux, amans heureux !
La nature et l'amour ont comblé tous vos vœux ;
Cachés dans le désert, vous goutez mieux leurs charmes.
Pour moi, qui de l'amour n'ai connu que les larmes,
Malheureux ! est-ce à moi d'envier ses plaisirs ?
Non, c'est à la nature à borner mes désirs ;
Seule, elle m'offre encor d'innocentes délices.
Ah ! si du sort jaloux j'éprouvai les caprices,
Si ces bords m'ont reçu mourant, désespéré,
Paisible possesseur d'un asile ignoré,
Je pourrai, près de vous, terminer ma carrière,
Et la main d'un Français fermera ma paupière.
Que cet espoir du moins adoucisse mes maux !
Mais que dis-je ? bravant des obstacles nouveaux,
Et, du ciel en courroux, apaisant la vengeance,
Un jour peut-être, un jour nous reverrons la France,
Et les fertiles champs où dorment nos ayeux.
Moi, m'écriai-je, moi, je quitterais ces lieux ?
Non, jamais. Ah ! plutôt, puisse un Dieu tutélaire
Aux regards des humains dérober ma chaumière,

Et loin de ce rivage entraîner leurs vaisseaux !
Vous le voyez, l'Amour sourit à mes travaux ;
Des biens dont je jouis mon âme est satisfaite.
Ces biens vous sont offerts ; partagez ma retraite.
D'un inutile espoir détrompé pour jamais,
Amant de la nature, heureux par ses bienfaits,
Le bonheur de ma vie est le bonheur du sage.
Ici, des passions je ne crains plus l'orage ;
Ici plus de grandeurs, plus de combats ; ces bois
N'ont jamais retenti de la chute des rois.
La foudre qui du pin brise la cîme altière,
Meurt, d'échos en échos, loin de l'humble bruyère.

Je dis, et l'étranger, sensible à mes accens,
Oubliait par degrés le trouble de ses sens.
Je gardais le silence ; il m'écoutait encore.
C'est ainsi que deux mois, au lever de l'aurore,
A la chute du jour, dans le calme des nuits,
Je tâche d'adoucir sa peine et ses ennuis.

J'y parviens ; le succès surpasse mon attente.

Son pays, ses parens, et peut-être une amante,

La perte de ses biens, de ses plaisirs passés,

Semblent de sa mémoire à jamais effacés.

On ne voit plus Selmour abattu, sans courage,

Et mouillant de ses pleurs les sables de la plage,

Appeler à grands cris un navire ou la mort.

Selmour, ainsi que nous, satisfait de son sort,

Bannit de ses regrets la sombre inquiétude.

Nos plaisirs sont les siens ; mes travaux, son étude.

Il renaît au bonheur ; une douce gaîté,

Sur ses traits répandue, ajoute à leur beauté.

Selmour qui, jusqu'alors errant à l'aventure,

Négligeait de parer les dons de la nature,

Consulte des ruisseaux le limpide miroir.

Cependant, occupé d'un plus noble devoir,

Il prévient mes efforts ; son active jeunesse

Du fertile vallon a doublé la richesse.

Je ne le cache point ; Selmour est mon appui.

L'ami que j'ai perdu je le retrouve en lui ;

Dans Selmour, de Valsain je rêve la présence ;

Selmour m'a rappelé le temps de mon enfance,

Ce temps, où l'amitié suffisait à mon cœur....

C'est ainsi que, nourri d'une funeste erreur,

J'échauffais dans mon sein un odieux reptile.

Alarmée en secret de ma bonté facile,

A l'aspect de Selmour, mon Azélie en vain,

Détournait ses regards, armés d'un froid dédain ;

Ami sans défiance, époux sans jalousie,

D'une vaine pudeur j'accusais Azélie.

Le moment est venu ; trop tard désabusé,

J'ai découvert l'abîme . . . et Selmour l'a creusé !

Selmour ! lorsque jadis, sensible à ta prière,

D'un secours généreux j'accueillis ta misère ;

Lorsque ton amitié (je l'espérais du moins)

Du plus tendre retour devait payer mes soins ;

Aurais-je pu prévoir qu'un jour ta perfidie

Méditât ma ruine avec mon infamie !

Pour un sommeil si court quel horrible réveil !

    Je revenais des champs à l'heure où le soleil

Atteignait le milieu de sa course éclatante.
Accablé sous le poids d'une chaleur brûlante ;
Je devançais l'instant marqué pour mon retour.
J'allais revoir mon fils, mon épouse, Selmour ;
Je me représentais leur tendresse empressée,
Et ce tableau touchant remplissait ma pensée.
Mais au pied du rocher, sous un ombrage épais ,
De mon épouse, ô ciel ! j'ai reconnu les traits ! ...
Je ne me trompe point. ... Selmour est auprès d'elle !
Il presse ses genoux, et sa main criminelle
Dérobe ces faveurs dont s'énivrait l'amour.
Le désespoir, l'effroi m'égarent tour à tour ;
Je demeure glacé, j'hésite, je balance ;
L'amitié, dans mon cœur, repousse la vengeance...
Inutiles retards !... par la rage animé ,
J'ai soulevé le fer dont mon bras est armé ;
Je vole ... ah! malheureux, il en est temps, arrête !
Selmour à ta fureur a dérobé sa tête...
Mais de ce coup fatal, vainement suspendu ,
Grand Dieu! quel est l'objet à mes pieds étendu ?

Quel sang ai-je versé? Quelle plainte touchante
Me remplit, malgré moi, d'horreur et d'épouvante?
Où fuir? où me cacher?.. Mon épouse!... Valsain...
Mon épouse!... c'est moi qui suis son assassin!...
Tu me donnes la mort; mais je meurs innocente,
Dit-elle, en me pressant de sa main défaillante.
Selmour seul est coupable... Ami, sèche tes pleurs...
J'expire ton amante... embrasse-moi... je meurs...
Je n'embrasse, à ces mots, qu'un cadavre insensible.
Selmour semble jouir de ce spectacle horrible.
Je l'ai vu; j'ai repris mes premières fureurs;
Il fuit. Non loin de nous, couché parmi des fleurs,
Mon fils dormait encore; il ouvre la paupière,
Tend les bras vers Selmour, et demande sa mère.
Insensible à l'attrait d'un sourire enfantin,
Le monstre le saisit et l'entraîne; soudain,
Gravissant du rocher la pointe menaçante,
Il insulte, en ces mots, à ma rage impuissante:
Ton épouse n'est plus, et pour mieux la venger,
C'est dans ton propre sang que je vais me plonger.

Ah ! du moins en mourant je goûte quelque joie ;

Le fruit de tes amours est devenu ma proie.

Qu'il me suive au tombeau, cet enfant abhorré !

Ramasse sous mon corps son corps défiguré,

Et que ma mort pour toi soit encore un supplice.

Adieu, l'enfer jaloux exige un sacrifice.

Tu dois, comme Selmour, être las d'exister ;

Il cesse de souffrir, et tu peux l'imiter.

Dieu !.. Vous l'avez permis ce forfait exécrable !

De ses lambeaux sanglans mon fils couvre le sable...

Mon fils ! mon seul espoir ! mon unique soutien !

Attends-moi, je te suis... mais je n'entends plus rien...

Quel silence de mort !.... Le bruit sourd de la rive

Frappe seul maintenant mon oreille attentive...

Le vallon est muet... Non, plus d'espoir !... mes yeux

Ont vainement trois fois interrogé ces lieux ;

Ce vallon si riant n'est qu'un désert sauvage !

Un désert ou la mort... voilà donc mon partage !

Près de ce que j'aimais, hier encor placé,

Hier, dans le présent j'oubliais le passé ;

Aujourd'hui je suis seul, et l'avenir m'accable.

Ah! qui peut fuir du sort l'arrêt inévitable !

L'homme que le malheur accueillit au berceau,

Esclave du malheur, doit descendre au tombeau,

En vain à ses destins opposant sa constance ,

Il cherche à surmonter leur fatale influence ;

Le ciel a dit : Pour toi, l'asile du repos

Sera l'asile obscur qui cachera tes os.

Et je meurs ! et le ciel, ce ciel qui me condamne,

Interdit la prière à ma bouche profane !

Et la mort, qui déjà réclame mes débris,

Entend seule mes vœux, répond seule à mes cris !

Amour ! toi seul a fait mes malheurs et mon crime !

Hélas ! de ses fureurs déplorable victime,

Quand je soulève à peine, en traçant ces adieux ,

Le voile de la mort, étendu sur mes yeux,

L'amour m'embrase encor ; sa flamme dévorante

S'empare de mes sens ; j'appelle mon amante ;

Je crois tenir ses doigts entre mes doigts pressés ,

M'endormir dans ses bras à mes bras enlacés ;

Et ma couche reçoit de mes lèvres avides
Les baisers destinés à ses lèvres humides.
O souvenirs d'amour! souvenirs de bonheur!
Eloignez-vous ; cessez de fatiguer mon cœur.....
Impitoyable dieu ! j'ai mérité ta haine ;
Je dédaigne tes lois, et je brise ma chaîne.
C'en est fait ! un poison, par mes mains préparé,
Glace déjà mon cœur de remords déchiré.....
Insensé !... qu'ai-je fait ? je la revois encore !....
Grâce, grâce, Azélie , à l'époux qui t'adore !
Ciel ! que me montres-tu ?... du sang ! toujours du sang !...
Quel est ce tigre affreux qui dévore ton flanc ?
Est-ce d'un songe vain l'épouvantable image ?
Réponds... mais quel courroux enflamme ton visage ?
Ton doigt semble indiquer , entr'ouvert sous mes pas ,
Un abîme sans fond... en vain j'étends les bras ;
Ta chère ombre me fuit, et sur mon front livide
Ecrit en traits de feu : Florval fut homicide !

NOTES.

NOTES.

J'AURAIS pu, tout aussi bien ou tout aussi mal qu'un autre, en grossir ce recueil; mais avouons que ces bagatelles n'en valent pas la peine, et répétons ce qu'on a déjà dit : Que les notes ne sont, pour la plupart du temps, qu'une spéculation de libraire. J'aimerais tout autant laisser quelques pages bien blanches où le lecteur pourrait marquer tous les vers qui lui déplairaient. Cela me serait certainement beaucoup plus utile que mes notes ne le seraient au lecteur. Les ouvrages dont on lit jusqu'aux notes sont si rares !

TABLE.

Fin de la Table des Matières.

I

www.ingramcontent.com/pod-product-compliance
Ingram Content Group UK Ltd.
Pitfield, Milton Keynes, MK11 3LW, UK
UKHW021227140726
13695UKWH00002B/809